KB230553

시편 151편 _ 나의 노래

시편 151편 _ 나의 노래

3쇄 발행 2026년 3월 10일

지은이   김영미
펴낸이   송수자
펴낸곳   밥티조출판사

등 록   제2012-000009호
주 소   인천시 중구 홍예문로 68번길 4-5
전 화   010-2235-0714
이메일   hepsibasong@hanmail.net

값 13,000원
ISBN 979-11-994390-2-3 03800

시편 151편 − 나의 노래

김영미 지음

밥티조

　대학 청년부 교사와 꽃꽂이 봉사를 하며 집사 직분을 즐거이 감당하고 있었습니다. 남편의 새 근무지 발령으로 속초에서 3년 근무가 예정되어 있었습니다.

　속초중앙교회를 출석하며 중·고등부 교사로 봉사했습니다. 말이 늦던 둘째 아들의 장애로 좌절과 고통 속에서 남편은 직장을 퇴사하고, 다시 돌아갈 교회가 있는 서울로 가지 않고 대전에 있는 침례신학대학원에 진학하게 되었습니다.

　영적인 자폐로 예수 그리스도를 모르고 살아가는 이들에게 복음을 전한다면 하나님이 아들을 고쳐주시지 않을까 하는 간절한 마음에서 시작한 신학의 길, 지금은 목사가 되어 세종선한교회를 개척하여 섬기고 있습니다.

　시집『시편 151편』은 익숙한 내 삶의 터전을 떠난 생활에서 건진 작은 이야기와 성도들의 삶을 나누며 드린 저의 기도입니다.

　이 시편의 이야기를 함께 읽으며 은혜를 나눌 새로운 나의 동역자인 독자들과 장애 자식을 안고 살아가는 가족들을 두손 들어 축복합니다.

2025년 12월 31일 산울마을에서

김영미

1부 _ 노래합니다 · 9

2부 _ 기도합니다 · 57

3부 _ 축복합니다 · 137

하나님이 베푸신 은혜를 즐거이 노래 부르며
하나님께 의지하며 기다리는 시간도
노래 부르는 시간이고,
기뻐도 슬퍼도 노래 부르는 인생이 나의 삶이고,
기완이를 비롯한 모든 약한 자의 삶이기를…

1부

노래합니다

부활절 새벽에

죽음이 머물던 무덤
돌덩이 굴려 낸
천사의 음성

생명의 빛을 이끌고
구원의 완성
선포합니다

아름다운 향유도
뜨거운 사랑도 드리지 못한
미련하고
게으른 저는
이제야
의심의 돌덩이를 굴려 보내며
이천 년 전 부활 새벽 기억합니다

죽음 꽃 만발한

의심 품은 어두운 내 안에

부활의 새벽 한 조각

가슴에 새기며

죽음을 이기신 주님께

엎드려 절하는

새벽을 맞이합니다

부활의 감격을 깨달은 새벽 교회 화단에서.
요한복음 20장 9절, 그들은 예수님께서 반드시 죽
은 이들 가운데서 되살아나셔야 한다는 성경 말씀
을 아직 깨닫지 못하고 있었던 것이다.

첫 아들 이름을 짓던 날

볼 가득 미소를 머금고
두 눈이 반짝입니다
무엇이라
불러야 하나
하나님의 은혜
우리 아가를

오, 주님
요한복음 15장
예수님이 이루신다
(기성基成)
평생 주님이 함께하시면서
이루어 가시는 일들을
찬양하라

우리 아가
우리 첫사랑

92년 10월 23일 예정일이긴 했으나 산통이 없어 남편은 출근을 했는데, 양수가 먼저 터지고 말았다. 건강하게 출산한 것은 하나님의 은혜였다. 남편이 기도하면서 받은 요한복음 15장 7절.

"너희가 내 안에 거하고 내 말이 너희 안에 거하면 무엇이든지 원하는 대로 구하라 그리하면 이루리라"를 묵상하면서 얻은 이름이었다. 이름 짓기를 고민하다 출생 신고 마감일에 주신 말씀으로 이름을 짓고 출생 신고를 마쳤다. 할렐루야!

샤론의 꽃 예수님을 만나는 정원

투

둑

씨앗 하나 땅속으로

땅속을 헤집고 나와 뿜어내는

꽃들의 반짝임

눈부시다

죽음을

죽이고서

누리는 자유

깊은 입맞춤으로

맞이하리

나를 위해 기꺼이

십자가에 축 처져

늘어진 죽음을 지신 예수님,

그 험한 죽음을 견디신 주님,

주님 앞에 드릴 것도 없는 연약한 저는 주님께

어찌 나아갈까?

비전

바람결에 안긴 작은 씨앗
흙 한 덩이 내어준
들판도
쭈글쭈글 볼품 잃어가는
씨앗을 잊었네

갈증은 더해가고
땅속을 떠나
훨훨 날아 숨고 싶어라

씨앗 속 남은 눈물로
싹을 틔워
세상에 고개 드니

내려보던 하늘은
물길을 뻗어 쓰다듬고
잎을 늘려

꽃을 받친다

찬란한 빛깔로 드러나는

씨앗의 비상飛上

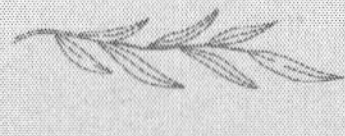

계획한 일들이 어려움을 만나, 숨고 싶은 실패와
좌절의 순간을 겪는 인생길.
그래도 포기하지 말고 살아내야 하는 일상의 삶 안
에서는 눈물로라도 싹이 트이겠지.
의논도 없이 남편이 주식과 코인에 투자하여 재정
적인 어려움을 겪고 있는 성도를 만났다. 남편 대
신 가정 경제를 책임지고 있는 하나님의 딸을 위로
한다.

내가 진실로 진실로 너희에게 이르노니 한 알의 밀이
땅에 떨어져 죽지 아니하면 한 알 그대로 있고 죽으면
많은 열매를 맺느니라 _ 요 12:24

반전 反轉

어둠을 밟고 들어선 기도실
온 세상 공용어가 되어버린
"거 리 두 기"

멀리 간격을 두고 앉은
낯익은 어깨가 들썩일 때마다
시린 코끝

온 세상 코로나가 씻겨지길
구하다가

내 죄 씻어주신 주님의 은혜
파도처럼 밀려들어
가슴에서 솟아나는
눈물 줄기는
주님을 바라본다

죽음의 형벌 벗겨주신

주님 손길 다가오고

주께 가까이 가까이

환한 빛을 이고 나오는 기도실

세상은 거리두기, 예수님과는

"거리 좁히기"

코로나는 무섭게 우리 일상을 바꿨다.

띄엄띄엄 거리두기가 정상.

그 시절의 기도 시간,

성도들의 들썩이는 어깨로 그들의 삶의 무게가

느껴진다.

주님과 더 가까이 다가가는 시간이다.

예수님과는 거리좁히기.

거듭남

세상 내려다보던 해덩이
하루의 끝이 시작되면
붉은 눈물 흥건히
부끄러움 닦아 내더라

온 밤 밝히던 달덩이
새 빛이 들기 시작하면
부풀어 오던 꿈도
덜어내며 눈 감더라

까만 밤하늘 누비던 별덩이
새날이 펼쳐지면
반짝이던 빛을 거둬내며
사그라들더라

나는
한 줌 흙덩이
해 보며
달 보며
별 보며

시작
노트

하나님이 주신 피조 세계는,
하나님의 형상을 닮고 태어난 나에게 성경 말씀
만큼이나 잔잔히 속삭이는 하나님의 음성이다.
흙덩이인 나는 어떻게 살아야 하는가?

믿음

새벽어둠을

타고 흐르는

하늘로 향하는 물줄기

어둠에 가려진 돌 틈에도 걸리지 않고

가슴을 돌아

하늘로 흘러들고

물길 닿은 하늘 정원

한 모퉁이에 머물면

가지 끝에 달려 알알이 익어가고

꽃잎 끝에 앉아 고운 빛 빚어내고

새벽어둠이 흩어질 때면

하늘 정원 품고서

발걸음 가볍게

내딛는

하루

기도하며,
믿음을 키워가는 성도들을 바라본다.
새벽어둠에도 방향을 잃지 않고
하나님의 뜻을 향해 달려간다.
하나님의 하늘 정원에 핀 꽃을 찾는 믿음으로….

감사

아침 햇살 받은

넝쿨장미 꽃빛이

고운 아침

햇살이 참 고맙다

장미향 가득

향기로운 화단에 한참을 머물렀다

눈에 거스르는 마른 잎사귀 몇 장 다듬다가

그만 "아야!"

손등에 그새 핏빛 한 방울 볼록하고

장미 덩굴 쓰다듬는

햇살은

아마도 매일 찔리고 피 흘려도

햇살 자락 넓게 펼치며

장미를 키워가고 있었나 보다

시작
노트

빛이 있어야 꽃잎도 붉어지고 향도 짙어지고
장미 가시에 찔려도 들락거리며 보살피는 햇살이
고맙다.
나에게 있는 가시에 찔리셔도 보살펴 주시는
하나님의 마음 감사하다.

부정 _{父情}

햇살을 향해

거침없이 쭉쭉 뻗은 가지 끝에

비스듬히 걸터앉은

꽃봉오리들은

아직

잔기침으로 휘청거린다

큰 가지에 꺾인 햇살이

닿지 못한

그늘진 땅바닥

햇살 찾으며 손 모은

민들레의 가쁜 숨결이

방실방실 노오란 미소를 낳았다

고개 들기 시작한 풀잎 속

이름 잃은 꽃눈들을

바라보며 깨우는

노오란 함박웃음

햇살이

팔을 걷어 올리고

허리를 구부려

너에게 눈을 맞추며

온종일 어루만지는 것을 나는 보았다

시작
노트

이른 봄, 창가에서 바라보았다. 벚꽃과 매화는
아직 꽃봉오리인데, 나무 밑 그늘에 앉은
민들레는 꽃을 피웠다.
아버지의 부지런함으로 모두가 꽃이 되고 있다.

사명

우산 없다
빗속을 걷지 못하랴

비 그치고 나면
우산도 버거운 짐이 되는 것을

걸어야 할 길이면
빗속에도 걸어가는 것이지

목회자 아내로 살아가는 길에

의문이 없었던 것은 아니다.

사명을 다하는 목사의 아내들에게 위로를 전한다.

순종

게네사렛 호수
배에서 내린 어부
씻던 그물을
다시
내렸네

밤새 잡은 허망의 물고기 대신

펄떡이는 지느러미의
새 물고기
인내를
기쁨을
순종을
파닥거리며 그물을 채우네

예수님

오늘 밤

그물을 다시 내리렵니다

죄인인 저를 떠나지 마소서

배를 두고 주님 따라

사람을 취하는 날까지

시작
노트

순종이 없다면 어떤 일도 마무리되지 않는다.
말씀을 듣고 순종하지 않는다면 나는 과연 사명을
이룰 수 있을까?
그건 마음뿐이겠지…. 늘 숙제는 순종이었다.

예수께서 시몬에게 이르시되 "무서워하지 말라 이제 후
로는 네가 사람을 취하리라" 하시니 _ 눅 5:10

기다림

하나님이 만드신 것은

언젠가는

꽃을 피웁니다

한창 키를 늘리다

허리까지 쑹덩 잘려서

매운 눈물 끈적끈적

신음하던 파

뭉툭한 고난을 아물리고

어느새 꽃을 피웠어요

잔잔한 눈물방울들

둥글게 모아 보름달 같은 환한 꽃을

화분에 파 한 단 심었다.
주방에서 들락거리며 요리할 때 잘라서 쓰곤
했다.
어느 날, 잘린 파 끝에 핀 꽃을 보았다.

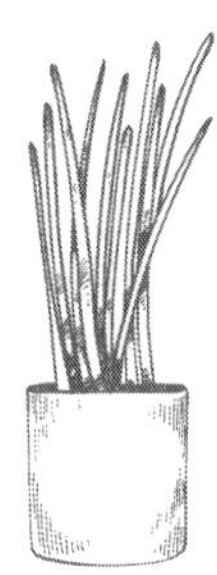

깨달음

해 지는 줄 모르고

동네 구석구석

눈에 좋아 보이면

만지고 던지고

노는 것이

재미있었습니다

놀이터 삼은 어디에도

이제 그만

집으로 돌아가라는

푯말은 없었습니다

단지 마음속 깊은 곳에서

엄마가 찾으실 텐데…

작은 두려움이 보고픈 마음과 함께 일어났지만

그만 가자고 하기에는

나 혼자 외톨이가 되는 것 같아 두려웠습니다

허기가 불러들인 찬기로 콜록콜록

흙 묻은 손으로 입을 막으며 더 놀았습니다

늦은 저녁 돌아와

기침과 열꽃으로

신음소리 가득한 밤을 지내는 동안

뽀드득뽀드득 소리 나도록

말간 물에 씻겨내고

새 내의 입혀주신 어머니의 손길에서부터

기침이 멎고 열이 내리기 시작했음을

알았습니다

시작 노트

방황하는 청소년들을 주변에서 심심치 않게 만난다.
이들에게 다가가는 지혜를 구한다.
어떻게 하나님의 사랑과 예수님을 통한 구원을
전할까?

기도

꼭 다문 입속
쓴물로 고여
하늘을

담아낸
눈물샘입니다

감은 두 눈 사이
깊은 주름 결이
잡은
빼곡한 씨앗들

눈물로
빚어
새 햇살 내려올 때엔
하늘 소리로 터져옵니다

소리내어 기도할 수 없을 때도 있다.
적당한 단어를 찾아 주님께 말씀을 드려야 하는데
꼭맞는 말도 떠오르지 않을 때도 있다.
눈물이 기도를 먼저 알고 내 맘을 먼저 알아준다.

겨울나무 아래서

욕심 없이
빈 마음으로 살고 싶은 마음

바람에 사그락, 말동무 되는
작은 소유까지
떠나 보낸
단풍나무

바람 머무는
온몸에 실웃음이 가득하다

마음을 지킨
온전한 겸손

빈 가지를 감싸는
하늘의 빛이
가득하다

숨죽이며
가난한 부자의 음성을

가슴이 듣고
귓가를 채운다

며칠 전까지도 나뭇잎으로 무성하던 단풍나무가
잎새 한 장 없는 가지를 붙잡고 서 있다.
썰렁한 모습이었으나 햇빛이 찬란하게 나무를
비추고 있다.

잊지 말자

약속 시간을 놓치도록
자동차 열쇠를 찾아다니고

왼손에 들고 있는 핸드폰을
이 방 저 방 뒤적이고

지난번에 찾았던 냉장고 안을
들여다본다

이런 건망증으로

눈에 보이지 않는

그 거룩한 약속의 나라가
내 거할 영원한 곳임을
잊으면 안 되는데

하나님

어디 계신지

두리번두리번거리다

금으로 은으로 만들어 놓고

그 앞에 춤추고 있는 건 아닌지

시작
노트

눈에 보이는 것을 잃고서도 찾기 어려운데,
눈에 보이지 않는 것을 잃어가는 것은, 나도, 주변
에서도 눈치채지 못할 수도 있겠구나.

아론에게 이르되 우리를 인도할 신을 만들라 _ 출 32:1

소망

나 주님의 기쁨 되기 원하네

익숙한 찬양이 흐르는 거실에 앉아

마음에 새겨본다

내 이웃이 나로 인하여

하나님께 감사할 수 있도록

나의 소유를 내어준다면

나는 주님의 기쁨

내 이웃이 나로 인하여 예수님을 만나도록

나의 시간을 사용한다면

나는 주님의 기쁨

내 이웃이 나로 인하여 성령님과 동행하도록

나의 간증을 전해 준다면

나는 주님의 기쁨

시작
노트

내가 만난 예수님 잘 전하고 싶은 마음과
주님의 기쁨이 되고 싶은 마음 가득하던 날.

이같이 너희 빛이 사람 앞에 비치게 하여 그들로 너희
착한 행실을 보고 하늘에 계신 너희 아버지께 영광을
돌리게 하라 _ 마 15:16

다시 부르는 노래

하나님 한 번도 나를 실망시킨 적 없으시고
아니예요
하나님 저 실망시키셨어요

마음속으로 버티며 부를 수 없던 노래

허리가 휘어지도록 아이를 업고
사람들
눈길을 피해 구석 자리를 찾아
예배드리면서

하나님 저를 이렇게 실망시키시다니
어떻게 살아가라고
우리 큰아들에게 덧짐을 얹어준다면
이 또한 실망입니다

시간의 주인이신 하나님 따라

오늘

내가 다시 부르는 노래

하나님 한 번도 나를 실망시킨 적 없으시고

내가 다시 부르는 노래

맞아요

하나님 저 실망시키지 않으셨어요

큰 소리로 외치며 부르는 노래

오 신실하신 주

18개월에 자폐 진단을 받은 둘째 아들의 치료를 위
해 초등학교 입학을 앞둔 큰아들을 데리고 신학대
학원 입학을 한 남편과 우리 가족은 정들고 익숙한
모든 것에서 멀어진 대전 광야에 장막을 쳤다.
낯선 교회의 빈자리를 찾아다니며 아들을 붙잡고
예배드리던 시절이 있었다.
지금도 주변 사람들을 피해 예배드리는 부모들이
있을 텐데…

석양 역驛에서

눈부신 빛으로 살던 한 시절

소리없이 갈무리하고

붉은 힘줄에 감겨

떠나는 둥근 해

마주한 지금

단단한 돌멩이 골라

땀방울로

차곡차곡 쌓은 담장 안에

꽃이 만발하고

살찌던 시절은

내가 지킨 영토인 줄 알았지만

당신이 핏방울로 쌓아주신

은혜의 울타리였음을 외치는

기적汽笛 소리 듣습니다

한숨짓는 날

모순矛盾이 함께 호흡하며 잘 살아갑니다
주님을 찾으면서도
반가이 맞이하기보다는
슬쩍 밀어내는 순간순간

가식假飾을 보았습니다
주님을 따라가다가도
어느새 눈길 밖으로
도망치는 잰 발걸음의 하루하루

이기심 냄새를 맡았습니다
인생의 목적은 주님이라 노래하면서
은근히 수단으로
바꿔버리는 사사건건

게으름을 또 안았습니다
보기 좋은 계획들

후회로 가득 채운 시간표

핑계가 덕지덕지 묻은 변명

오 주님

저는

은혜가

필요한

죄인입니다

시작
노트

그러므로 내가 한 법을 깨달았노니 곧 선을 행하기 원
하는 나에게 악이 함께 있는 것이로다 내 속 사람으로
는 하나님의 법을 즐거워하되 내 지체 속에서 한 다른
법이 내 마음의 법과 싸워 내 지체 속에 있는 죄의 법으
로 나를 사로잡는 것을 보는도다 오호라 나는 곤고한
사람이로다 이 사망의 몸에서 누가 나를 건져내랴

_롬 7:21-24

염색을 결심하다가도

거울 앞에 앉았다
쓸어 올려보는 머리칼 따라
반짝이는 은빛

새까만 어둠 속
수십 년 세월을 지내면서
놓치지 말아야 하는 것은

빛

방향을 잃은 어둠의 때에도
빛을 따라 지나온 길
난 그 빛을 따라 살 테야

눈가 주름 위 찰랑이는 은빛살이
고와 보이는 거울 앞이다

빛보다 더 빛나는 곳으로

가는 날 다가도록 빛으로

찰랑거릴 테지

흰 머리칼이 늘어만 간다.
염색하고 지내다 퇴직과 함께 얼마나 흰머리가 많
은가 궁금도 해서 망설이고 있는 중,
까만색과 하얀색이 대조되는 것, 또한 무슨 가르
침인가?
흰 머리카락을 들고 나이 듦에 대해 둘째 아들과
진지한 대화(?)를 할 수 있으니 흰 머리카락의 가
치는 충분했다.

사는 방법

인생을 사는 것은

함께하는 햇살로

얼굴 비춰보며

내 마음을 닦고 사는 것

네 얼굴들을 바라보고

마음들을 바꾸라면

눈에 심은 돌부리에 걸려

환한 햇살 놓치고

피멍만 남겠지

내 인생 사는 데

나를 보고 가야지

오늘도

내 얼굴만 하늘빛에

비춰보자고 토닥토닥

사는 방법을 일깨우며

토닥토닥

비교하는 인생 살지 말자.
내 삶도 누군가는 자신과 비교하며
부러워할 거고, 나 때문에 오히려 자족할 거고,
내 인생은 내가 산다. 주님과 함께.

어울림

하늘과 바다가

마음을 마주 잡고 살아간다

점점 더 깊어지는 높은 하늘 푸른 빛을

바다가 받아

넘실대는 파도에 풀어 놓으니

시원한 하늘빛 맑은 바다가 넘실거린다

흰 구름 몽글거리다 바다에

풍덩 내려앉으니

파도가 하얗게 부서지며 받아주고 있다

높아만 지는 하늘도

깊어만 가던 바다도

사랑한다 마주하니

아름다운 노래 가득하다

발달 장애아를 기르는 가정들,

부부가, 형제가 행복한 생활을 하기를 바란다.

마주 보고 사는 하늘과 바다의 어울림만큼.

항상 기뻐하라 쉬지 말고 기도하라.

겪게 되는 상황 만나는 사람들 모두가 기도의 제목이다.
하나님께 사정을 아뢸 이야기이고
하나님의 뜻을 여쭤 하나님과 해결해야 하는 사건들이다.

2부

기도합니다

2월 예찬

겨울잠에 취한 봄을 깨워
천지를 돌며
새봄을 준비시키느라
숨이 가쁜 하루하루

봄의 꽃길을 내고 있는
2월
새 학년을 이어주는
2월

내 몫은 나눌 수 없다는
이웃의 이기심

받은 몫에 만족하는 것이
공평이라며
28일이면 충분하다고

3월을 앞세우며 돌아선다

시작
노트

2월은 유난히 짧다. 왜 짧은지를 모르던 어린 시절
2월은 불쌍하다고도 생각했다.
자기의 시간과 물질과 재능을 기꺼이 내어놓고
손해 보면서라도 공동체의 유익을 먼저 생각하는
착한 성도를 바라보던 어느 날, 2월의 달력을 넘기며.

요양병원에서

갓 태어난 날
쭈글쭈글하던 모습으로
다시 누운 아기들
돌아올 수 없는
부모를 기다리며 지쳐 잠들었나 보다

달큰하던 젖 내음
간절한 기다림으로
비릿비릿하게 삭아
깊은 주름에 쌓이고
씻겨도 씻겨도
점점 더 흙빛인
주름진 살들이
애처롭다

기다림의 끝에 누워
숨가쁘다

부모를 찾아

곧 길을 떠나는 날인가보다

성도들의 부모님을 요양병원에서 뵙는 날.

강아지라 부르는 성도의 어머님을 뵈러 고창의 요
양병원을 다녀오던 날.

후배의 어머니도 눈에 밟히는 막내를 그리워하며
내 강아지, 내 강아지.

그러나 그분들도 엄마가 그리운 작은 아가들이 되
어 침대에 누워 하루하루를 보내고 있다. 기억을
잃어가면서….

우리의 연수가 칠십이요 강건하면 팔십이라도 그 년수
의 자랑은 수고와 슬픔 뿐 _ 시 90:10

겨울 연가

꽃이 피는 길목에

서성이는

겨울 끝자락의 가냘픈 숨소리가

여리다

속마음은 따뜻한 입김을 뿜어주고

비빈 손바닥의 온기라도 전해 주려는데

겨울의 성정性情은 칼칼한 바람결이라

이러지도

저러지도 못한 채

늘 꽃피는 길목에서 잔기침만 콜록이며

서성인다

세상 모든 꽃이 피고 나면

멀리 떠나버릴

겨울이겠지만

봄을 잉태한 자궁이었음을

꽃들은 기억하겠지

무뚝뚝한 사람들도 있다. 속마음은 그렇지 않아도
표현도 서투른 겨울이 그런 성격인지도….
후배 사모가 눈물을 보인다.
정성을 다해 섬기고 기도하던 성도 가정이 떠났다고.
시린 겨울을 잘 지내게 해줬으면 그것으로
만족하자고 위로하면서도, 봄이 자신을
담아주었던 겨울을 잊지 않았으면 좋겠다.

마중물

스치는

눈웃음으로 지나치던 사람들

차 한 잔 사이에 두고

나눠 마시는 이야기 속에

눈물도 마중물이 있어야

흐를 수 있음을

알았습니다

실컷 울고 나면

삶이 개운해지는 것을

함께 울고 나면

내일도 살 수 있는 것을

예수님을 만나는

소망을 퍼 올리는

눈물의 마중물이 되려 합니다

사모 일기

부부의 날에 이혼을 결정하고
가정의 달에 가정이 해체되고
저 가족의 비밀을 아시는 예수님

차가운 눈빛
일그러진 표정
성난 가슴들
어떻게 해야 하나요?

담아줄 위로가 바닥이 나고 맙니다
저게 위로를 주세요

예수님 모르고 사는 가정보다
더 아픈 저 가정의 내일

수가성으로 찾아오신 예수님
오늘은 이곳 城으로 오소서

물동이 남겨두고 떠난

여인의 기쁨이

넘실거리는 날을 기다리는

이곳으로 오소서

시작
노트

수가성 우물가의 여인을 예수님 아닌 이웃은 모르
고 있었을까?
그 여인의 아픔을 예수님이 아니면 해결되지 않을
인생의 문제들이 있다.
성도들의 아픔이 내 가슴을 도려낼 때 그들을 위로
해줄 위로가 바닥이 나고 말 때 주님을 만난다.
결혼을 통해, 배우자를 통해 얻어지는 삶의 고통
에서 눈물짓는 형제 자매들이여 힘을 냅시다.

빚쟁이

빚이 없는 인생은 없겠지?
수십 년째 빚쟁이인 나는
애써
위로를 한다

아들과
눈을 맞추고
키를 낮추며
손을 잡아주는
사람들의
마음
마음

나는 갚을 수 없는
빚을 지고 산다

아이를 밖에 혼자 다니게 하기까지는 용기와 실습
이 필요했다.
어디를 가나? 뒤를 따라다녀도 보고, 버스를 타는
훈련도 시켜보고, 아마도 그때부터 나는 사랑의
빚쟁이가 되었는지도 모른다.

위로

꽃잎 떠난 자리에

바람이 스며 앉아

호호 불며

새살이 오르라고 토닥거린다

하늘거리던 꽃잎으로

휘청거리던 가지 끝마다

촉촉한 아픔

달빛으로

별빛으로

싸매주던

바람이

속삭인다

꽃잎 품은

열매가 맺히고 있다고

떠나는 성도들,
만남의 기쁨을 뒤로하고
함께함을 뒤로하고 떠나는
꽃잎 같은 성도들.
새로운 만남도 결국은 떠남에서 시작되었지만,
성도가 떠난 첫 주는 살이 아린다.

할머니의 늦둥이

아파트 담장 모퉁이

잠든 공터를

새벽마다 흔들어 깨우고 씻긴다

공터에 발을 내디딘

옥수수 여린 순

할머니의 허리가 굽을수록

꼿꼿하게 서가고

한여름 땡볕에

할머니의 숨이 헉헉 차오면

땀방울도 여물어

터질 듯 달큰한 뽀얀살이

옥수수 대 옆구리에 차오른다

해 질 녘

할머니의

유모차에 실려

할머니 모시고

집으로 돌아간다

충청도 산골에서 사시다 자식을 따라 앞집으로 이
사 오신 할머니.
동네 구석구석 다니시다 찾은 공터에 밭을 일구어
자식들 출근하면 유모차를 끌고 나가신다.
늦둥이를 데리고 다니시는 듯했다.
씨뿌리는 사람들 많지만, 할머니의 씨뿌리고 거두
시는 모습은 삶의 끝에 소망이요 시작이기도 한 듯
하다.
할머니 떠나신 그 공터 앞 지나다 묵은 옥수수 대
바라본다. 할머니의 늦둥이였지.

발견

흙 속에 뿌리 내리고
피어난 꽃들에게
내가 그토록 말을 거는 것은
흙으로 빚어진 내 육신이
다시
흙으로 간다는 것을
알기 때문이다

다시 돌아간 곳에
뿌리 내리고
내가 피고
네가 핀다

꽃은 웃음
꽃은 울음
꽃은 우리

흙으로 지음 받은 나,
흙은 모든 이의 몸이다.
그 안에 피고 지는 꽃들은 삶이다.

…너는 흙이니 흙으로 돌아갈 것이니라 하시니라

_창 3:19

손뜨개

아프리카 신생아에게 줄
사랑의 모자 뜨기

대바늘 두 개 실 한타래

하루 이틀

시간의 코를 잡은 왼손 바늘
여린 실 한 가닥 끌어안은 오른손 바늘이

매번 십자로 만날 때마다
코끝이 시큰거린다

실 한 가닥 같은 연약한 나를
한 손으로 붙잡고

날 향한 기다림의 시간을

또 한 손으로 잡아당겨

십자가로 살리셨다

손뜨개로 내 삶을 매만지시며

사랑의 모자처럼 모양을

잡아가신다는 것을

시작
노트

저체온증으로 죽어가는
아프리카 신생아 살리기 프로젝트로 시작된
사랑의 모자 뜨기에 참여하면서….

이웃의 교훈

난 장애아의 엄마입니다
내 몸에 품어 낳았습니다
가끔은 힘이 듭니다
부끄러워지기도 합니다
들키기 싫은 상상도 합니다
하나님이 주신 사명이라고 생각합니다
힘을 주세요
기도합니다

그녀도 장애아의 엄마입니다
가슴으로 낳은 입양아랍니다
당연한 일이라고 합니다
자랑스럽다고 합니다
안 만났으면 후회했을 거라 합니다
하나님이 주신 축복이라고 합니다
기쁨으로
찬양한다고 합니다

장애아를 입양하여 기르는 분을 TV를 통해
만났다.
나는 하루 종일 눈이 부었다.

착각

버스로 출퇴근을 시작하면서

새로운 변화가 일상에 활력을 주는 듯하다
버스로 통학하던 학창시절의 생기가 일어
분주한 출퇴근길에 미소를 가져다주기도 했다

그래서 난
요 몇 주 젊어진 듯하여

버스에 올라 셀카도 찍어 지인들에게
"요즘 버스는 말야" 하며 근황을
퍼 날랐다

퇴근길 버스에 올라탔다
내 또래로 보이는 분과 눈이 마주쳤는데

반사적이랄까?

바로 일어나서는 여기 앉으시란다

순간

"저요?" 하고는 멋쩍게 웃었다

서 있는 게 민폐 같아

조용히 창밖을 보며 앉았다

그리고

아직 퍼 나르지 않은 셀카의 사진들을

지웠다

시작
노트

버스 타면서 건강해진 기분이 들었다.
착각은 거기까지였다.
곧 정년퇴직인데 당연한 걸 뭘 ㅎㅎ.
피부가 곱다, 젊어 보인다는 건 우리 60대끼리
서로 위로하는 인사말인 것이다.
착각, 그래도 해 볼 만했다.

진짜 힘

엉금엉금 기던 아기
뒤뚱뒤뚱 서기 시작하는
우윳빛 발

앉았던 어른들 모두
서서
손뼉을 친다

털썩 주저앉자 일어나려
꼬물거리는 발가락의
분홍빛 핏기

섰던 어른들 모두
앉아
손뼉을 친다

아무것도 가지고 오지

않은 이 세상

말 한마디 없어도

우리를 앉혔다 일으키는

작은 아기

큰 힘이 네 안에 있단다

아기야

너를 보내신

크신 하나님

우리보다 더 크신 하나님이 너를 지으셨단다

생후 6개월에 만난 지현이의 하루하루 성장하는
모습은 경이롭기까지 했다.
어느 날 지현이가 서기 시작한 날, 예배 후 식사하
던 교우들이 기쁨의 손뼉을 쳤다.

모정母情 1

9시 뉴스 화면이 출렁거린다

취업 준비하던
자식의 끝을 본
부모의 몸서리치는 오열이
덩달아 가슴에서 눈물을 끌어 올린다

취업 준비로 자취하는 아들에게 급히
문자를 보낸다

"취업이 좀 늦으면 어떠니

조급해 할 것 없어

밥 잘 먹고 쉬엄쉬엄해라

사랑한다 아들

지금도 충분히 잘하고 있다"

취업도 결혼도 늦어지고 심지어 박사과정을 시작
한 아들에게 하고픈 말들이 쌓이던 날, 저녁 9시.
요즘 청년들 부모 세대가 겪지 못한 풍성함 속에서
도 취업과 삶의 어려움 중에 간간이 들려오는 가슴
아픈 소식을 접한다. 그래, 청년들에게 위로가 필
요한 날이다.

작은 아들에게

"태변을 좀 먹긴 했어도 건강합니다"
의사의 한마디가
기억나는 출산 날
잠시도 쉬지 않고 돌아다녀
돌 사진 전문가도
그럴듯한 사진 한 장 남기기 어려웠던
첫돌 잔치 날

하루하루를
말줄임표로 마치고
해마다
흐드러지게 피어나는
물음표 다발 향기
코끝에 싸하게 맴도는 사이

아빠보다 형보다 큰 키로
순백의 눈웃음 뿜어내는

청년이 되어버린

둘째 아들

생각해 보니

지난 세월 삶의 고비마다

가슴 찡한 느낌표 새겨 두었구나

네 인생 다하는 날엔

세상에서 제일 곱고 또렷한

마침표 찍고

영원한 만남의 문 앞에 기다리고 있을 게

훨훨 날아오렴

시작
노트

요한복음 9장 1-3절을 묵상하던 날.

예수께서 길을 가실 때에 날 때부터 맹인 된 사람을 보
신지라 제자들이 물어 이르되 랍비여 이 사람이 맹인
으로 난 것이 누구의 죄로 인함이니이까 자기니이까 그
의 부모니이까 예수께서 대답하시되 이 사람이나 그 부
모의 죄로 인한 것이 아니라 그에게서 하나님이 하시는
일을 나타내고자 하심이라 _요 9:1-3

그것도 몰라?

엄마 어딨지?
까~~~~~꿍
눈앞에 있다 사라지면
더 이상 존재하지 않는다고
까르르 웃다가도
으앙으앙 불안의 울음이 커져온다

까꿍 놀이 하는 동안
대상對象의 영속성永續性도 키워져
눈에 보이지 않는 아빠도
미소 머금고 호기심으로
찾아다니며
믿음 자국 한 발 한 발 늘어간다

까꿍 놀이 하는 이유를
형은 안다

"아빠는 여기 계셔

네 젖병도 여기 그대로 있어

너를 사랑해서 똑똑해지라고 숨으신 거야

그것도 몰라?"

아욱에 꽃이 피었네

주인이 떠난

헛간 빈 항아리에

풀 죽어 쭈그리고 앉은 꾸러미들

어머니가

새봄에 뿌리려 하신 씨앗들

깨울 수 없는 잠을 청하시면서

아욱국에 함박 입 벌리는

아들 생각하셨나 보다

고향 집 텃밭을

떠나

아파트 베란다 화분에

고개를 내민 아욱 잎 사이

벌써 피어난

슬프도록 낯익은 주름 꽃

어머니 유품을 정리하며 발견한 헛간의
씨앗 꾸러미를 가지고 왔다.
텃밭에 뿌려 농사를 이어갈 시간이 없어
베란다에 있는 화분에 심었다.
아욱 줄기며 하얗게 주름진 작은 꽃을
처음 보았다.
아들에게 아욱국 끓여주시려던 마음을 보았다.

모정母情 2

대학 수능 앞둔 아들

밤새 컴퓨터 앞에서

친구들과 게임을 즐기는 것 같더니만

흔들어 깨워도 잠을 털어내지 못한다

노란색 등교 차는

경고등처럼 집 앞에서 번쩍번쩍 빠앙빠앙

모자母子 사이 애써 정한 경계 구역 안에

이내 긴장감 돌고

말 없는 대화가 이어지고

입 밖으로 나가지 못해

몸살 난 격한 말들은

몸속을 이리저리 헤매다 긴 숨에 녹아내리고

며칠만 참자

고녀석들도 다들 수험생

오늘 아침은 모두들

이불 속에서 자습들 하겠지

시작
노트

많은 학업량에 지쳐 게임으로 잠시 휴식을 가지
려다 그만 도를 넘었나 보다.
친구들과 낄낄거리며 열을 올리다가 아침에 일어
나지도 못하고 지각하는 아들과 전쟁과도 같은 아
침 시간을 보낸다.

연鳶날리기

두 아들이 연을 날린다
흰 눈으로 덮인 겨울 땅을
차고서
창호지 맑은 몸이
줄에 매여 일어난다

아들들의 환호성이 펄럭이며
바람처럼 아파트 꼭대기를 타고 지상을 떠난다

연이 솟아오르고
멀리 높이 날기를 바라는 마음
그러면서도 영영 도망가지 못하도록
때로는
거꾸로 곤두박질치지 않도록
얼레의 실을 놓치지도
끊어지지도 않게 하려는 긴장으로
연실이 팽팽하다

한 장면 한 장면 사진에 담았는데
맑은 창호지 두 개의 연을 날리는 내가 보인다

내게 주신 두 아들,
우리가 날려 보내야 하는 날이 있다. 연 날리는 아
들이 이미 말해주고 있었다.
잘 떠나보내자. 연줄을 잡고 계시는 우리 주님이
계시니까.

억새

부부의 땀방울 여물어진
쌀가마니

들녘의 평온이
앞마당에 펼쳐지고

자식들 웃음 담아
마루 위에도 쌓여지던 날

길모퉁이
교통사고

곱게 빗어 올렸던
머리칼 비집고

터져 나오는 울부짖음
허리까지 차오른 슬픔에

구슬프게 휘청거린다

가을바람 붙잡고

하얗게

부서지는 야윈 허리 어머니

결혼 후 아버님의 추도예배 때 알게 되었다.
추수를 마치고 평온이 찾아온 어느 늦가을 도로변
에서 아버님이 교통사고를 당하셨단다.
억새가 흔들리는 늦가을이면 그해 가을의 어머니
가 보인다.

산책

햇빛 안고

환하게 웃는 봄꽃 위로

수놓은 날개 펼치며 흐르는 나비들

지나간 자리마다

꽃들도 살랑살랑

숲 체험 수업 나온 어린아이들의

호기심도 조심조심 흐르는

5월의 산책길에서

들이마시는 깊은 평화

일상에 찌든 삶의 한가운데서도 가끔은 자연이
주는 평화를 찾아 집 주변을 걷다 보면,
그 안에서 건진 평화로 또 하루를 씻어낼 수 있다.

소나기

비구름을 무겁게 안고
통통 부은 발로
산등성이 지나던 구름이
그만 몸을 풀고 말았다
순산이다

싱그러운 산을 낳았다

그 기쁨에
하늘은 함박웃음
푸르른 하늘빛으로
온 동네가 환하다

갑자기 만나는 소나기,
곤란을 겪을 때도 있다.
그러나
무거운 구름이 흘러가는 걸 바라보다가
소나기 그친 후, 산을 보면 새로운 이웃이 보인다.

능소화

한여름 뜨겁고 모진 성질
말없이 받아주고

꼿꼿하게
꽃잎을 익혀가는
깡마른 가지가
푸른 잎들을 거느리고
담을 오른다

밤새
세찬 빗줄기
혼절하기를 몇 번
아침에 보니
홀딱 담을 넘어버렸다

아이, 어쩌나
담장 밖으로 나가봤더니

빗물을 툴툴 털어내고는

딴 세상에서 만나는 눈총도

아랑곳하지 않고

붉디 붉게 제 몸을 사르며

가까이 눈 맞춤 하는 이들

가슴을 울리고 있더라

한여름 뜨겁게 달궈진 담벼락을 땀 한 방울 없이
견디며 꽃송이를 피워내는 능소화를 바라보노라
면 믿음으로 세상을 맞서는 숭고한 믿음의 사람들
떠오른다.
꽃보다도 예쁜 나의 이웃들.

바다는 사랑

바다를 찾아

쉼을 청하는 이들

흔들흔들

띄우느라

하얗게

땀 흘리는

바다는

하늘의 마음을 담았다

한여름

뜨거운 햇살

기꺼이 품고

흰 파도

파란 파도

오가는 파도 만들어

나눠주는

바다는 사랑이다

바닷가를 자주 접할 수 있었던

강원도 속초에서의 3년 생활.

봄, 여름, 가을, 겨울 어느 계절이든지 찾아와

위로 받고 가는 사람들이 바다에 대해

이미 내린 정의겠지.

핏빛 사랑

반들반들

반짝이는 잎새는

겨울

나뭇가지 사이로

흔들리는 햇살을

놓치지 않고

담아냈기 때문이지

하이얀

눈밭

붉게 타오르는 가슴

누구를 뜨겁게 사랑하고

있음이 분명하지

노오랑 꽃밥 가득

못다한 사랑의

눈물 머금고

사랑을 토해내느라

더 붉어진 가슴

떠나는 날엔

툭

툭

이별도 붉게 피어내는

동백

시작
노트

붉은 동백이 '툭' 하고 지는 것을 볼 때면 예수님의
사랑이 떠오른다.
사랑하는 나를 위해, 아니 사랑을 완성하시느라
젊은 청년의 붉은 피로 죽으신 예수님.

백목련

젖살이 오른 아가의 볼처럼

꽃망울 터질 듯 부풀어 오른다

뽀얀 꽃살은

순백의 뽀얀 소망이 담긴 엄마 젖빛

봄햇살 이고서 한 시절

세상을 두리번두리번

읽어내고는

이내 숨죽여 우는 이유는

이 세상

네 꽃살처럼

맑지가 않아서구나

소망을 찾지 못해서구나

봄이면 나는 목련이 좋아 목련꽃을 마냥 들여다본
다. 금새 지는 목련을 바라보며 힘들다고 아우성
치다가 그 자신의 힘으로 삶을 떠나는 청소년들의
뽀얀 얼굴이 떠오른다.

낙엽

변했다

깨달았구나

그래서

이젠

벗을 수 있다

떠날 수 있다

처음 그대로라면

할 수 없는

낮아짐

해 아래서

해 아래서

찾은 모습이다

변화라는 것,
있던 자리에서 내려온다는 것은,
자신의 모습을 제대로 찾은 자만이 할 수 있는 것.
낙엽 길을 걸으며….

목련

매서운 겨울바람을 품고서

꽃빛을 빚는다

바람결에 쌓인

하얀 눈송이를

매만져

겨우내

뽀얗게

꽃빛을 고른다

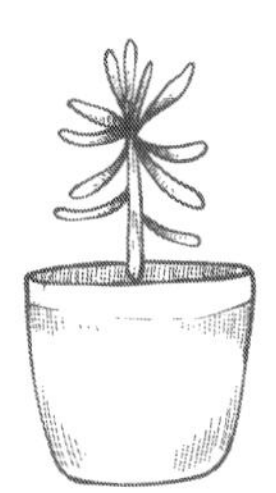

찬바람 밀치고

하얀 심지로

봄을 켜는

목련 빛에

눈이 시리게

봄을 밝힌다

목련은 겨울 동안 어떻게 지냈을까?
해마다 맑은 꽃잎으로 만나는 목련의 겨울나기가
궁금하다.

민들레

놓칠세라

두근두근

햇살 한 줌 가슴으로 껴안았다

힘껏 제 몸을 늘려

냉기 가시지 않은 흙바닥에

둥그런 자리를 펼친다

비로소 노랑 실미소 모여

해를 따라 고갯짓 한다

놓칠세라

사알사알

바람결로 조심스레 되안으신다

봉긋봉긋 함께 날아

낮은 키로 살면서도 방실방실

고 작은 것 기특하여

높아도 깊어도 가고픈 곳 어디든

데려다주신다

민들레처럼 어디서나 쉽게 보는 꽃이 있을까 싶을
정도로 민들레는 우리 주변에서 쉽게 만난다.
작고 여린 민들레가 가득하다.
민들레가 눈 덮인 화단의 음지에서도 꽃을 피우는
모양을 보면서…

감의 진심

가을에 취한 마지막 잎사귀도 떠나고

짧아진 햇살에 기댄 핼쑥한 감나무

마음 졸인다

까치네 식구들

한 발 내딛은 막내까지 데리고

주린 배 달래며 오고 있는데

하늘 닿은 애틋한 마음

바람을 밀어내며 대롱대롱

빨갛게 속 사랑 익어간다

늦가을 달랑 한 개 남은 감을 헤집고 쪼아 먹는
까치를 보았다.
바람에 떨어지지 않으려 조마조마한 감의 마음.
가을 끝 달랑달랑 매달린 감은 분명 까치를 향한
속 사랑으로 더욱 빨갛게 익어간다.

벚꽃

얼어버린 삶터

겨우내 가슴까지 타고 드는 목마름

하소연 들어줄 이파리 한 장 없는 외로움

세찬 눈보라 안고

검버섯 얼룩지고 꺼칠한 몸뚱이를

옹기 삼아

목이 타는

외로움을 차곡차곡 눌러 담아

마지막 남은 햇볕 한 줌 뿌려

곰삭힌 네 삶이

밤에도

환한 맑고 고운 꽃 빛이 되었네

눈부시도록 활짝 터지는 벚꽃은 볼 때마다 탄성을
지르게 하는 불꽃 축제 같은 꽃이다.
겨울 벚꽃 나무를 바라보면 이 나무가 그토록 화려
한 벚꽃 나무인가 싶은 마음에 가지도 만져보고 나
무통도 쓰다듬어 본다.

봄맞이

여린 봄이
한 폭 햇살에
싸여
세상에 나왔다

세상은
시샘하느라
햇살을 흔들고

나는
하루 종일
침이 마른다

하루 또 하루

살 오른 봄이
꼿꼿한 허리를 세우고

또렷한 눈망울로

세상을 다스린다

내가 잊고 있었구나

겨울과

맞대결해서

이긴 너였는데…

손뼉 치는

꽃가루 속에

나는 하루 종일

가슴이 뛴다

봄이면 여지없이 겪는 꽃샘추위.
과연 봄이 올 것인가? 다시 겨울로 돌아가는 것은
아닌가? 하지만 봄은 끝내 오고야 만다. 겨울을 물
리치고….

2020년의 백목련 애가

봄기운에
가슴이 부푼 목련
한 줄기 빛을 모아
봄 길을 환히 밝히는데

생소한
흰 마스크 꽃들

목련 등 아래서
출렁인다

목련의
심장이 타들어 가고
기억나는 얼굴들 그리워, 그리워

뿌연 눈물만

후두둑

후두둑

낙엽

흙 속에는

먼저 가버린 사람들의 사연이 스며 있지

깊게 내린 뿌리와 닿아

시린 빛깔로 이야기들을

피어내고

가을에는

삶으로 우려낸

애잔한 빛깔의 잎새로 남아 나지막이 흐느낀다

흙이 내가 되는 그해

가을에는

어떤 빛깔 낙엽 되려나

봄이 되고 여름을 지나 가을에 머물면 낙엽이 든다.
비로소 제빛을 내는 것 같다.

봄비

가슴을 파고드는 아기의

체온에 달큰한 젖 내음

따스해지면

팽팽한 가슴을 돌던

젖줄기는

눈망울 만한

아기의 기다림에

비가 된다

엄마도

아기도 꽃이 되는

젖먹이 아가가 엄마의 가슴을 파고들면
사르르 젖이 돈다.
봄비는 그렇게 나에게도
어린아이 같은 마음을 준다.
그리고 봄도, 봄비로 무럭무럭 자란다.

산국화

늦가을 싸늘한 바람

맨 가지 드러나는 나무들

아래

노오란 포대기 두른

산허리가 따뜻하다

봄빛에 익었던 개나리 한 움큼

남겨두었나 보다

아니예요

아니예요

자세히 들여다보세요

카랑카랑한 가을 햇살 붙잡고

노오란 향기 머금은

산국화예요

봄의 개나리 마음 담은

저를 보고

포근한 가을을 맞이하셔요

어느 가을, 고속도로를 달리다 도로변 산등성이에
노오랗게 핀 개나리를 보았다.
산국이라고 한다.
살면서 오해도 하고, 오해도 받고
그러나 결국 밝혀지고,
합력하여 선이 이루어지기를.

숨은 것이 장차 드러나지 아니할 것이 없고 감추인 것
이 장차 알려지고 나타나지 않을 것이 없느니라

_눅 8:17

고백

우리 아들에게
눈길을 주고

말을 걸어주며
장애인 합창대회 수상곡에

미소로 장단을 맞춰주는
사람
사람들에게

아들의 나이만큼 빚을 지고 산다
독촉하지 않는 사람들의

마음속에서 건져낸
사랑 한 조각은

잊고 살아온

갚을 수도 없는

붉은 핏빛 감도는

은혜라는

보석

내 주변의 좋은 이웃에게서 발견하는 보석 같은
사랑, 내가 주님께 받은 사랑.
아들이 스스로 밖을 다니다 집으로 돌아오는 것은
믿음이었고 기적이었다.

꼬마 넝쿨장미

높이 달린 햇살 창
환하게 열리면

고갯짓 고운
꼬마 넝쿨장미

화단 울타리를 미끄러져 내려온다
빨간 꽃송이가 올망졸망
줄타기를 하더니

가지 끝에 사뿐 올라 그네도 탄다
볼을 간지르는

바람과 숨바꼭질하며
빨갛게 빨갛게 까르륵

하루 종일 놀다 지쳐

초저녁 잠에 고개 떨구더니

빨갛게 빨갛게

고운 자리 펼치네

봄, 저녁 빨간 장미가 잎을 떨구었다.
앙증맞은 꼬마 장미와 정이 들었다.
크게 화려하지 않아도 작은 장미도 나름대로 자신
의 향을 내며 하루 종일 햇살 아래서 행복하다.

담쟁이

뿌리내린 땅엔
빽빽하게 줄지어

키를 다투며
자리를 차지하는
잎사귀들 무성하다
원망도 없이

하늘 한번 바라보며
담쟁이는 담을 오른다

오늘도 한 뼘

내일도 한 뼘

꼭 그 만큼씩

기웃거림도 없이

숨 한번 고르고

조용히 하늘 향해 오른다

담쟁이는 무슨 마음으로 담을 타기 시작했을까?
담쟁이 말고 다른 이름을 주고 싶어라. 겸손둥이!
양보쟁이!

우리 성도들의 자녀들,
또한 소중한 나의 자녀들,
세월 속에 정이 들고
기도가 응답되는 감사한 날들이 늘어가고 있다.

3부

축복합니다

감사

눈물 많았던 아가 세은이

대학 입학하는 날이다

비올라 안고

줄을 잡아 고운 소리 찾느라

소망의 굳은살 올라오고

감사의 피멍이 들어도

주를 노래하리라

여호와 닛시

여호와 이레

홀로 견딘 외로운 연습 시간은

홀로 드리던 예배

환하게 받으시는 주님의 마음

하늘소리에 눈물도 활을 춤추게 한다

그 한소리를 찾느라

깊은 주름이 진다 해도

하늘 닿을 맑은 소리

퍼 올리는

비올라 활은 날아다니고

세은이의 내일도

할렐루야

유치부의 귀염둥이 세은이가 비올라를 전공한다.
텅빈 예배당에서 홀로 특송을 연습하던 세은이,
바이올린을 연주하던 초등학교 시절, 무척이나 기
뻐하며 우리 부부는 기도했다.

세린이의 첫돌을 축하하며

하나님의 은혜가 넘실거리는

겨울 아가의 미소

하이얀 눈빛처럼 맑은

아빠 엄마의 믿음과

밝은 웃음 번져내는 오빠 언니들

손뼉 치며 춤을 춘다

강하고 담대하라

우리 주님 손을 잡고

마음껏 꿈을 꾸어라

늦둥이
네 환한 웃음이
새 언약
이어가는 가정의 새로운 출발이었다
막내야
담대하라

주님 사랑하는 믿음의 딸이여

시작
노트

셋째를 임신한 당황과 출산의 기쁨이 먼 이야기가
되어버렸다. 세린이는 대학생이 되었다.
초등부 보조교사로 중고등부 상담자로 성장한
세린이 사랑해!

연성이의 돌을 축하하며

작은 소망이

붉은 8월의 태양 빛으로 여뭅니다

아빠의 뼈를 안고

엄마의 살을 담아낸

한 생의 시작

누이들의 사랑을 담뿍 담아 피어납니다

하늘의

기쁨이

아가의 눈웃음으로

볼을 따라

퍼져오고

환한 미소는

세상을

키워가는 햇살입니다

당찬 희망으로

함께 부르는 은혜의 노래가

하늘을 향해 흐르는 기쁜 날입니다

시작 노트

"선생님 저 동생 또 생겨요.
8월에 남동생 태어나요."
자랑하던 2학년 연아는 지금 고등학생이 되었다.
연성이는 키가 시간마다 자라는 것 같이 쑥쑥.
자기 손의 젤리도 입에 넣어주는 정이 많은
귀염둥이….
하나님 사랑 듬뿍 받고 하나님의 은혜가
차고 넘치는 인생 되기를.

해령이 돌을 맞이하며

요 작고 예쁜 아가는
태초부터 계획된
하나님의 작품입니다
아빠 엄마 고운 살로 빚어낸
더 고운 형상은
하나님의 숨결이
깃든 가슴 뛰는 기쁨입니다

첫 만남의 경이로움이
아빠 엄마 가슴속에
눈물 담아 반짝이고
할아버지 할머니의
자식 품어 깊어진 주름골에서
탐스런 꽃으로 피어납니다

네 가슴은 늘 사랑이 넘치고
세상의 빛이요

소금으로 살리라

네 눈은 희망으로 반짝이며

들의 백합화 기르시고

공중의 새도 먹이시는

하나님 은혜로 풍성하여라

네 손은 부지런하여

이웃들의 소망이며

위로의 따뜻함이어라

네 발은 강건하여

대장부처럼

큰 걸음으로

세상을 이끌며

바른 지도자이어라

생각 깊은 아빠와 남다른 똑똑함과 겸손으로 대학
졸업에 대통령 표창을 받은 엄마가 첫 아이를 출산
했다. 양가 조부모님의 하나님 사랑의 결실일까?
해령이는 초등생이면서도 초등부 보조교사처럼
동생들을 챙기며 믿음과 실력을 키워가고 있다.

해성이의 돌을 축하하며

한여름
태양 열기에
마지막 담금질을 마친
여린 적신赤身

별이 되어
부모의 눈에서 반짝이며
심장을 두드린다

곱게 뜬
두 눈의 반짝임에는
세상을 향한
힘찬 노래가 있다
곱게 담은
입술에는
기쁜 내일의 이야기가 있다

정안면 화봉리 고요한 숲의

노부부도

수십 년 전

첫아들을 대면한

기쁨에 기쁨을 곱하며

별빛에 젖어

축가를 부른다

기독교인의 수가 급격하게 줄어가고 있고 주일학교가 감소하는 요즘. 주일 아침에 친구들은 아무도 가지 않는 교회를 왜 가야 하나 고민하는 해성이가 믿음을 지키고 이 세상을 예수님의 이름으로 살아내기를 기도한다. 인내심 있고 생각하는 힘이 남다른 해성이.

루나의 첫돌을 축하하며

하늘을 담은 아빠의 꿈이 자라고

예수님의 말씀에 귀 기울여 소망의 일기日記가

설렘으로 채워져 간다

생소한 마스크 꽃잎

봄을 밀치고 번져오던 때

두려움과 절망의 꽃 그늘 아래

온 세상은 입을 가리고 웃음도 감추었단다

아빠 엄마 닮은

고운 눈빛 뽀얀 살빛을 싣고 평온의 숨결 한 자락

세상을 덮을 때

비로소

세상이 밝아졌다

루나의 웃음으로

우리는 다시 하나님께 노래하는

감격을 회복한다

루나는 소망으로

루나는 기쁨으로

아빠 엄마의 새 노래이고

온 가족의 새 기쁨이어라

시작
노트

코로나둥이라고도 하는 루나가 이번 성탄 이브에
작은 바이올린으로 찬양을 연주했다.
감격스러웠다.
말 속에 사랑이 뚝뚝 떨어지는 애교쟁이.
날마다 새로운 기쁨을 주는 루나의 삶을 하나님이
이끄시기를….